Unterwürfiger Schriftstellerin

Erika Sanders
Serie
Herrschaft und erotische Unterwerfung

ERIKA SANDERS

Zusammenfassung

Samanthas größte Angst war, dass jemand sie auf diesen Fotos erkennen würde.

Dieses Problem wurde jedoch durch das Tragen einer dünnen Maske gelöst.

Die Maske war klein und bedeckte nur seine Augen und Nase, was gut genug war, um ihn anonym zu halten.

Unterwürfiger Schriftstellerin ist ein Roman mit stark erotischem BDSM-Gehalt und wiederum ein neuer Roman aus der Sammlung Domination and erotic Submission, eine Reihe von Romanen mit hohem romantischen und erotischen BDSM-Gehalt.

(Alle Charaktere sind 18 Jahre oder älter)

Anmerkung zum Autorin:

Erika Sanders ist eine international bekannte Schriftstellerin, die in mehr als zwanzig Sprachen übersetzt wurde und ihre erotischsten Schriften, fernab ihrer üblichen Prosa, mit ihrem Mädchennamen signiert.

Index:

UNTERWÜRFIGER SCHRIFTSTELLERIN

ERIKA SANDERS

ERSTER TEIL
DIE REAKTION

13

KAPITEL I

Samanthas größte Angst war, dass jemand sie auf diesen Fotos erkennen würde.

Dieses Problem wurde jedoch durch das Tragen einer dünnen Maske gelöst.

Die Maske war klein und bedeckte nur seine Augen und Nase, was gut genug war, um ihn anonym zu halten.

Sie machte verschiedene Posen für den Fotografen.

Es war eine klassische Drehsitzung mit einem unterwürfigen Ton.

Mehrere Seile banden leicht ihren kleinen und schlanken Körper, der mit einem dünnen schwarzen Kleid bedeckt war.

Ihre Handgelenke waren ebenfalls zusammengebunden und jetzt wurden Fotos von ihr gemacht, die auf dem Boden lag.

Es war eine Kunstsession eines halbbekannten lokalen Fotografen, der die Porträts in verschiedenen Kunstgalerien verkaufte.

"Also sehr schön", sagte der Fotograf und ging weg. "Dreh dich um. Auf dem Bauch. Gut. Dreh dich um."

Es war der größte Spaß, den Samantha seit langer Zeit hatte.

Sie rollte sich herum wie ein Welpe aus der Knechtschaft.

Dann rollte sie sich zurück.

Sie hatte ein leichtes Lächeln im Gesicht und lebte ihre Fantasie.

Der Fotograf bemerkte Samanthas Lächeln, lächelte zurück und machte dabei weitere Fotos.

"Ich denke, wir sind für heute fertig", sagte er und senkte die Kamera. "Du warst ausgezeichnet."

Sie stand auf und ging mit nach vorne gerichteten Handgelenken auf ihn zu.

"Ich habe nur getan, was du mir gesagt hast", lächelte er.

Die Fotografin löste ihre Handgelenke und befreite sie schließlich von allen Seilen der Knechtschaft.

An seinen Handgelenken waren kleine rote Flecken.

"Tut mir leid. Vielleicht habe ich sie etwas zu eng gemacht."

Sie schüttelte den Kopf und nahm ihre Maske ab.

"Mach dir keine Sorgen. Ich glaube, ich habe zu stark gezogen. Und die Markierungen werden bald verblassen."

"Starkes Mädchen."

"Apropos hart, gibt es eine Chance für zusätzliche Arbeit?"

"Es kommt darauf an", antwortete der Fotograf. "In ein paar Wochen steht eine Kunstausstellung an. Wenn sich Ihre Porträts verkaufen, würde ich Sie gerne für weitere Fotos einstellen."

Sie lächelte.

"Ich freue mich darauf."

KAPITEL II

Nach dem Anziehen ging Samantha direkt in ihr Schlafzimmer.

Es gab noch viel Schularbeit zu erledigen.

Die herausforderndste Klasse des Semesters war ihr Kurs zum kreativen Schreiben, der sich auf das Schreiben vollständiger Geschichten konzentrierte.

Das war die Klasse, an der er am meisten arbeiten wollte, weil sie ihm die Möglichkeit gab, zu schreiben.

Sie liebte es zu schreiben.

Und eines Tages wollte sie Schriftstellerin werden.

Vor allem gab es ihm eine Plattform, um seinen ersten Roman unter der Anleitung eines prominenten Professors zu schreiben.

Er war ein Lehrer, den sie lange vor dem Besuch ihrer Klasse zutiefst bewundert hatte.

Er war ein Lehrer, der mehrere Bücher geschrieben hatte, die Samantha geliebt hatte, als sie aufwuchs.

Diese alten Bücher beeinflussten Samanthas Schreibstil und sie freute sich über die Gelegenheit für ihn, sie zu unterrichten.

Sie beendete das Schreiben eines Seitenumrisses für ihre nächste Geschichte, die sie sich auf ihrem Bett ausgedacht hatte.

Er musste es dem Professor vor ihrem nächsten Treffen schicken.

Nachdem sie stundenlang geschrieben und nachgedacht hatte, war Samanthas Trance-Zustand erschüttert, als ein paar Klopfen an die Wand klopften.

Sie war seine schöne Mitbewohnerin und beste Freundin seit der High School, nur in ein Handtuch gekleidet und nach dem Duschen mit frisch getrockneten Haaren.

"Schreibst du immer noch deine Sachen?" Fragte Vicky.

"Oh sicher, ich bin immer noch dabei."

"Wie sind deine Fotos heute gelaufen?"

Samantha hob die Daumen.

"Ziemlich gut."

"Ich würde gerne das neue Buch sehen."

"Warte, lass mich überprüfen, ob er sie mir schon geschickt hat."

Samantha eröffnete schnell ihr Google Mail-Konto und sah einige neue E-Mails.

Es gab eine E-Mail des Fotografen, der die darin enthaltene Datei geöffnet und heruntergeladen hat.

Insgesamt gab es achtunddreißig Bilder.

"Dort werde ich sie dir sofort schicken", sagte Samantha. "Und lassen Sie mich wissen, was Sie denken. Ich persönlich denke, es ist eine sehr gute Sache. Ich mag es mehr als das, was ich das letzte Mal getan habe."

Natürlich schätzte Samantha Vickys Meinung in dieser Angelegenheit sehr, da ihre Freundin selbst viel Modelarbeit geleistet hatte und sie auch vorhatte, eines Tages als Designerin in der Modebranche zu arbeiten.

Vicky ließ das Handtuch fallen und stand nackt da.

"Ich werde sie mir später ansehen. Hast du schon geduscht? Diese Party ist in einer Stunde."

"Oh Scheiße."

Vicky zog einen BH an.

"Es ist einer dieser Tage, was?"

"Verdammt, warte."

Samantha öffnete schnell ihre E-Mail und schrieb dem Lehrer eine Nachricht.

Sie hat das Word-Dokument angehängt und dann veröffentlicht.

Dann öffnete Samantha eine weitere E-Mail und schrieb eine kurze Nachricht an Vicky.

Sie fügte die Akte mit den achtunddreißig Fotos des unterwürfigen Sklaven hinzu und schickte die E-Mail.

Dann schloss Samantha ihren Laptop und sprang aus dem Bett.

Er ging an seiner halbnackten Mitbewohnerin vorbei und in das kleine Badezimmer, das noch etwas feucht war, seit Vicky es gerade benutzt hatte.

Er zog sich aus, trat dann in die Duschkabine und drehte den Wasserhahn auf, um eine Kaskade heißes Wasser fallen zu lassen.

Während Samantha ihre Haare einseifte und shampoonierte, dachte sie über ihr nächstes Schreibprojekt nach und traf sich mit der Lehrerin.

Er dachte darüber nach, wie er ihr seine Arbeit erklären würde.

Wie sie es präsentieren würde.

Wie sollte er sich ausdrücken?

Die wichtigsten Punkte, die Sie vermitteln wollten, damit der Lehrer Ihre Gedanken versteht und Ihnen hoffentlich die dringend benötigte Zustimmung und das Verständnis gibt.

Er dachte auch über Kleinigkeiten nach, wie was er anziehen sollte.

Sie wollte elegant, aber gewagt aussehen, ohne auch die falschen Signale zu senden.

Sie wollte schlau aussehen, ohne zu angespannt zu sein.

Er wollte auch nicht zu einfach oder leicht klingen, sonst würde er den Respekt des Lehrers verlieren.

Sie musste gut aussehen.

Vielleicht würde ich Vicky später auch nach ihrer Meinung dazu fragen.

Samantha stellte das Wasser ab, trocknete ihre Haare und kehrte in das Schlafzimmer zurück, in dem Vicky bereits angezogen war und ihren eigenen Laptop benutzte.

"Was denkst du über die Fotos?" Fragte Samantha und sah in ihren Schrank.

"Du meinst dein Schreiben?"

"Nein, zu meinen Fotos natürlich."

"Nun, du hast mir versehentlich deinen Brief geschickt", schrieb Vicky. "Es sieht ziemlich gut aus. Ich bin kein großartiger Leser, aber ich würde dieses Buch kaufen, wenn Sie es schreiben."

Samantha erstarrte.

Seine Augen weiteten sich und sein Magen sank.

Er eilte zu seinem Laptop und überprüfte sein Google Mail-Konto.

Er überprüfte seine gesendeten E-Mails, um die Nachricht zu sehen, die er an den Lehrer gesendet hatte.

Dann schaute er auf den Anhang.

"Oh Gott".

Sie bedeckte ihren Mund mit der Hand, als sie bemerkte, dass sie dem Professor versehentlich die achtunddreißig Fotos der Sklaverei geschickt hatte.

"Mein ... Leben ... ist ... ruiniert", stöhnte Samantha, ließ sich auf ihr Bett fallen und wollte dabei weinen.

"Scheiße, hast du gerade diese Bilder an deinen Lehrer geschickt?" Vicky lachte auf lustige Weise.

Samantha vergrub ihr Gesicht im Kissen.

"Ich möchte nicht darüber reden."

"Schau auf die gute Seite. Wenn er ein normaler Typ ist, wird er dir wahrscheinlich ein A für den Unterricht geben. Der Nachteil ist, dass du wahrscheinlich seinen Schwanz lutschen musst. Wenn er nicht sexy ist, dann wirst du es schaffen. Weißt du, all das. Lehrer / Schüler-Thema ".

"Ich werde ihn morgen treffen. Gott, ich hoffe, er meldet mich nicht, weil ich versucht habe, Sex oder so etwas anzufordern. Ich könnte aus der Schule geworfen werden."

"Gibt es eine Regel gegen das Senden von Einreichungsfotos an den Lehrer?" Fragte Vicky.

"Ich weiß nicht."

"Nun, du hast super schnell geduscht. Vielleicht habe ich ihn noch nicht gesehen. Warum rufst du ihn nicht an und sagst ihm, er soll es vermeiden, deine E-Mails zu lesen?"

Samantha setzte sich aufrecht auf, Tränen in den Augen.

"Du bist ein Genie."

Er suchte im Lehrplan nach der Handynummer des Lehrers, aber sie war im Gegensatz zu anderen Lehrern nicht da.

Die einzige Vorgehensweise wäre zu beten, dass Sie es noch nicht gesehen haben.

Sie schickte im Voraus eine weitere Warnmeldung.

Sie schickte eine E-Mail mit dem Titel: BITTE ÖFFNEN SIE NICHT DIE ANDERE E-MAIL

"Lehrer,

Ich bin Samantha. Wir haben morgen früh einen Termin. Ich habe dir vor ein paar Augenblicken eine weitere E-Mail geschickt. Ich hoffe aufrichtig, dass Sie es nicht geöffnet haben. Wenn nicht, bitte nicht. Wenn ja, tut es mir sehr leid. Es war ein Unfall.

Hier schicke ich dir meinen Brief.

Ich hoffe, dieser Fehler gefährdet unsere akademische Beziehung nicht. Ich habe immer noch vor, dich morgen zu sehen, um das Schreibprojekt zu besprechen.

Mit besten Grüßen,

Samantha ".

Dann fügte er der Akte die Schrift hinzu und überprüfte, ob er es diesmal richtig gemacht hatte.

Sobald die Nachricht gesendet wurde, fiel Samantha zurück auf das Bett.

Sie bemerkte, dass ihr Handtuch aufgesprungen war und ihre linke Brust teilweise freigelegt war, aber es war ihr egal.

Er hatte noch eine Party vor sich.

Aber er hatte keine Ahnung, ob er jemals wieder Spaß haben könnte.

KAPITEL III

Kurz vor dem morgendlichen Treffen ließ sich Samantha nieder, indem sie ein paar Kleider aus ihrem Schrank zog.

Khaki-Hosen, ein weißes Hemd mit Knöpfen und eine dunkle Weste.

Informell, aber edel.

Ihr Haar war zu einem Pferdeschwanz zusammengebunden und sie trug nur minimales Make-up.

Das Letzte, was er tun wollte, war, erotische Schwingungen abzugeben, insbesondere nach diesem schrecklichen E-Mail-Fehler, den der Professor auch nicht beantwortete.

Sie ging in sein Büro im geisteswissenschaftlichen Gebäude.

Als er dort ankam, sah er durch die Glastür den Professor, der mit dem Computer hinter seinem Schreibtisch saß.

Samantha war ein wenig verärgert darüber, dass der Professor an ihrem Computer saß und dass er sich nie die Mühe machte, ihr eine Antwort-E-Mail zu senden.

Na ja, dachte er, das hätte ihm etwas von der Unbeholfenheit erspart.

Er klopfte an die Tür, um ihre Aufmerksamkeit zu erregen.

"Pünktlich", sagte der Professor. "Mach die Tür zu und setz dich."

Der Professor war viel älter als sie.

Vielleicht war sie in den Vierzigern oder Fünfzigern, doppelt so alt wie sie.

Er war ziemlich gutaussehend mit einem strengen und starken Auftreten.

Es war ein Hauch von Weisheit in ihm, der deutlich machte, dass er ein sehr intelligenter Mensch war.

Er schloss die Tür und setzte sich auf den Stuhl vor dem Schreibtisch des Professors.

Er saß aufrecht und in perfekter Haltung, während der Betreff der E-Mail noch in seinen Gedanken verweilte.

Sie fragte sich, ob er es ansprechen würde oder nicht.

Bisher schien dies nicht der Fall zu sein.

Stattdessen legte der Professor ein Stück Papier auf den Schreibtisch.

Es war eine gedruckte Ausgabe von Samanthas Hausaufgaben mit handschriftlichen Notizen.

"Ich bin alte Schule", sagte er. "Ich schreibe lieber auf Papier und kommentiere mit einem Stift. Sollen wir jetzt anfangen?"

Sie nickte.

"Natürlich."

"Ich komme zur Sache, ich mag Ihre Ideen. Die Geschichte einer jungen Frau, die ihren Weg im Leben gefunden hat, ist sehr wiederkehrend, aber dies ist eine neue Wendung. Wenn ich mich richtig erinnere, haben Sie am ersten Tag des Kurses gesagt, Sie wollten es Romanautor werden, oder?"

Sie nickte.

"So ist es."

"Und du hast gesagt, du wolltest diesen Roman zu deinem ersten Roman machen, den du hoffentlich eines Tages veröffentlichen wirst. Ist das auch richtig?"

"Das ist absolut richtig. Und ich habe dir das nicht gesagt, aber ich bin tatsächlich ein großer Fan deiner Bücher. Sie inspirieren mich. Und ich schätze dein Feedback sehr."

"Ich schätze die freundlichen Worte", sagte er in einem ruhigen Ton. "Ich bin für Sie und alle meine anderen Schüler da. Deshalb bin ich Lehrer geworden, um mein Wissen weiterzugeben, was auch immer ich habe, um der nächsten Generation von Schriftstellern zu helfen."

Samantha sah ihn mit einer Mischung aus Besorgnis und Angst an, als wäre sie zutiefst gedemütigt, nur dort zu sitzen.

"Etwas ist falsch?" fragte der Lehrer.

Sie nahm ihren Mut zusammen.

"Hast du letzte Nacht die E-Mails überprüft?"

"Offensichtlich habe ich das getan. Wir besprechen Ihre Schreibaufgabe, richtig?"

Sie fühlte sich wie eine Idiotin.

"Nicht diese E-Mail. Ich bezog mich auf die andere, die versehentlich gesendete E-Mail. Es gab einen Anhang. Haben Sie sie heruntergeladen?"

"Es ist meine Aufgabe, zu sehen, was die Schüler mir schicken. Also ja, als ich den Anhang sah, habe ich ihn geöffnet."

"Hast du meine Bilder gesehen?" Fragte Samantha rhetorisch.

"Der Header Ihrer E-Mail war, dass es Ihre Hausaufgaben waren. Ich bin kein Gedankenleser, Samantha. Ja, ich habe Ihre Fotos gesehen. Aber schämen Sie sich nicht."

Sie atmete erleichtert auf.

"Also bist du nicht enttäuscht von mir?"

"Warum sollte ich?"

"Weil Ihr Student, der eine angesehene Universität besucht, für solche Fotos posiert."

"Ich verurteile Menschen nicht dafür, andere Wege zu erkunden", antwortete er. "Darum geht es im Leben, nicht wahr? Finden Sie heraus, was Sie mögen, was Sie nicht mögen, und treffen Sie dann Entscheidungen."

"Dankeschön."

"Warum?"

"Danke, dass du kein Idiot bist", sagte er. "Entschuldigen Sie meine Sprache, aber ich bin sicher, andere Professoren an dieser Universität hätten mich ausgewiesen. Entweder das, oder sie würden Oralsex oder so etwas verlangen."

"Eigentlich wollte ich gerade Ihre Dienste anfordern."

Sie war überrascht.

"Ernsthaft?"

"Ich mache nur Spaß. Sie haben wahrscheinlich Recht. Andere Lehrer haben diese E-Mail möglicherweise als sexuelle Anfrage interpretiert. Aber ich bin nicht wie andere Lehrer. Ich verstehe, dass Leute Fehler mit E-Mails machen."

"Was ist mit den Fotos selbst?" Sie fragte. "Halten Sie es für einen Fehler von meiner Seite?"

"Sie machen?"

Samantha saß aufrecht und trotzig.

"Nein, ich weiß es nicht. Ich bin stolz auf die Fotos, die sie von mir gemacht haben. Ich finde sie wunderschön und künstlerisch."

"Wenn du das denkst, wen soll ich beurteilen?"

"Ich bin froh, dass wir das herausgefunden haben", antwortete sie erleichtert.

"Warum nehmen Sie das nicht in Ihren Roman auf? Sie haben Sexualitätsthemen für die Geschichte angedeutet, die Sie schreiben möchten. Warum also nicht etwas davon einbeziehen? Sie müssen nicht ins Detail gehen, sondern über Ihre eigene Erforschung sprechen."

"Ehrlich gesagt, ich weiß nicht, ob ich es schaffen kann."

"Hast du Erfahrung mit dem Lebensstil dieser Fotos?", Fragte er.

Sie schüttelte den Kopf.

"Nicht wirklich ".

"Warum nicht, wenn ich fragen darf?"

Samantha dachte einen Moment nach.

"Ich habe noch nie jemanden gefunden, dem ich vertrauen kann. Ich meine, Sex zu haben ist eine Sache, aber Unterwerfung ist etwas anderes. Ich denke, es ist viel intimer und sollte nur mit der richtigen Person geteilt werden."

"Deshalb mag ich dich. Du bist klug, talentiert und stark. Es gibt viele Idioten da draußen. Aber eine echte Beziehung zwischen Meister und Unterwürfigen basiert auf Vertrauen und Zuneigung. Der Meister muss den Unterwürfigen respektieren. Es sollte Vertrauen geben. Nur dann a Unterwürfig kann völlig frei sein, loszulassen. "

Ein Lächeln erschien auf ihrem Gesicht.

"Woher weißt du das alles?"

"Normalerweise spreche ich nicht darüber, aber ich war ein Meister für mehrere Frauen in meinem Leben. Die Frauen waren sehr unterwürfig und gaben mir völligen Gehorsam. Im Gegenzug habe ich mich emotional und sexuell um sie gekümmert. Es waren Beziehungen, die auf Vertrauen und gegenseitigem Verständnis beruhten."

Für einen Moment war Samantha voller Ehrfurcht.

Sie erwartete, dass das Bürotermin schmerzlich unangenehm sein würde.

Stattdessen bekam sie eine sexuell fortgeschrittene Lehrerin, die sie anscheinend verstand.

"Okay", sagte sie. "Ich denke, er hat Recht. Es ist sinnvoll, einige dieser Dinge in mein Schreibprojekt einzubeziehen. Natürlich nicht alles über Sklaverei, sondern Selbstreflexion und Entdeckung."

Der Lehrer faltete das Papier.

"Jetzt brauchen Sie nicht alle meine Notizen, da sich die Geschichte geändert hat. Aber nehmen Sie sie mit. Ich schlage vor, Sie finden eine neue Geschichte für die zweite Hälfte Ihres Romans, zusammen mit einem neuen Ende. Viele Studenten finden diesen Kurs selbst aufschlussreich. Sie lernen während des Schreibprozesses etwas über sich selbst. Das ist es, was ich am Unterrichten liebe. "

Ein Gefühl der Enttäuschung überkam Samantha, als der Lehrer das gefaltete Papier vor sie legte.

"Ist unser Treffen vorbei?" Sie fragte.

"Ja. Natürlich musst du Teile deiner Geschichte ändern, also sind meine Kommentare dort im Grunde genommen nutzlos."

"Können wir uns wiedersehen? Ich wollte immer noch mit dir über ein paar Schreibtipps sprechen."

"Wir können das Schreiben besprechen, sobald Sie Ihre Handlung bearbeitet haben."

Ein neu gewonnenes Gefühl des Vertrauens und des Verständnisses überkam Samantha.

Es war wie eine Offenbarung.

Seine Liebe zur Sklaverei und zum Schreiben kam offenbar zum ersten Mal zusammen.

Sie nickte.

"Danke für alles. Du bist der Beste."

"Warum habe ich das Gefühl, dass du etwas planst?"

"Nur mein erster Roman", lächelte er.

"Ich meinte, was ich gesagt habe. Ich mag die Tatsache, dass Sie mit Ihren Fantasien und Ihrem Körper vorsichtig sind. Wenn ich Ihnen nur eines beibringen kann, wäre es, nichts Dummes mit Ihrem Körper zu tun. Respektieren Sie sich selbst. Das ist das Wichtigste, was ich lehren kann. zu einer jungen Frau wie dir. "

In diesem Moment fühlte Samantha etwas für den Lehrer.

Sie fühlte es in ihrem Verstand, in ihrem Herzen und zwischen ihren Beinen.

Sie wusste es.

Und die Lehrerin erkannte, was sie denken musste.

ZWEITER TEIL
DIE BILDER

29

KAPITEL I

Ein paar Wochen vergingen.

Mit dem Erfolg der Kunstgalerie bat die Fotografin Samantha, für weitere Fotos ins Studio zurückzukehren, und sie stimmte gerne zu.

Es war seine Chance, dem Stress des Lebens zu entkommen und sich einer Fantasie hinzugeben.

Auch das Geld, das er dafür erhalten würde, war in Ordnung.

Als Kleiderschrank trug sie ein kleines schwarzes Outfit, das aus einem Leder-BH und einem Höschen bestand.

Er trug auch schwarze Stiefel.

Schließlich und vor allem trug er die kleine schwarze Maske.

Gott bewahre, dass jemand sie erkannte.

Als sie ihr Outfit und ihre Maske anzog, war Samantha aufgeregt, als sie sich auf das Fotoshooting vorbereitete.

Auf seltsame Weise verstand sie die Bedürfnisse der Süchtigen.

Das war seine Sucht.

Etwas, nach dem er sich emotional und körperlich sehnte.

Als sie fertig war, ging sie ins Studio, wo der Fotograf seine Kamera vorbereitete.

Die Lichter, Accessoires und Kulissen waren bereits vorhanden.

Sie hatten ihre üblichen Gespräche und Witze.

Samantha drückte ihre Dankbarkeit und ihr Glück aus, dass sich die anderen Porträts gut verkauft hatten.

Die Fotografin wies darauf hin, dass alles ihr zu verdanken sei.

"Werden wir dort weitermachen, wo wir aufgehört haben?" fragte der Fotograf, die Kamera in der Hand haltend, mit dem Riemen um den Hals.

"Eigentlich möchte ich heute etwas anderes ausprobieren."

Er schien offen dafür zu sein.

"Hast du etwas im Sinn?"

"Nicht wirklich. Ich weiß es nicht. Aber ich fühle mich etwas abenteuerlicher."

Er dachte einen Moment nach.

"Wie wäre es, wenn Sie mehr Haut zeigen? Ich weiß, dass Sie sich schon immer Sorgen gemacht haben, aber mehr Haut hilft normalerweise beim Verkauf."

Nach einem kurzen Moment des Zögerns zog Samantha die linke Seite des BHs nach unten, um ihre kleine rosa Brustwarze teilweise freizulegen.

"Was ist damit?" Sie fragte.

Er blieb professionell.

"Wir können es so machen. Sicher. Wie wäre es mit Sklaverei? Wie zuvor?"

"Hände diesmal hinter meinem Rücken. Und auf meinen Knien. Ich mag, wie verletzlich ich aussehen werde."

"War heute etwas in deinem Kaffee?" er scherzte.

"Lass los. Das einzige was passiert ist, dass ich eine Frau bin, die eine Idee hat."

"Was auch immer du sagst. Ich mag diese Idee. Lass uns damit beginnen. Ich werde deine Handgelenke von hinten binden."

Der Fotograf senkte die Kamera und ließ sie um seinen Hals hängen.

Dann ging er für die Seile.

Samantha drehte sich um und legte ihre Hände hinter ihren Rücken.

Bevor er die Seile für sie band, hielt sie ihn auf.

"Warte, warte eine Minute."

Samantha griff nach vorne und senkte auch die rechte Seite ihres BHs ein wenig, wodurch ihre beiden kleinen rosa Brustwarzen freigelegt wurden.

Dann legte er schnell wieder die Hände hinter den Rücken.

"Okay, jetzt bin ich bereit", sagte sie.

Der Fotograf band das Seil und knotete einen Knoten und schloss sich Samanthas Händen an.

Dies gab ihr ein seltsames Gefühl der Befriedigung, besonders jetzt, wo ihre Brustwarzen freigelegt waren.

"Jetzt sind wir bereit zu gehen. Gib mir eine Pose. Da du dich heute abenteuerlustig fühlst, lasse ich dich improvisieren. Mach was du willst."

Samantha konfrontierte den Fotografen, der ein paar Schritte zurücktrat und anfing zu fotografieren.

Es machte sie seltsam, dass ein Mann Fotos von ihren nackten Brustwarzen machte, während ihre Hände gebunden waren.

Es war so aufregend und sie spürte ein Summen zwischen ihren Beinen und ein Kribbeln in ihren Brustwarzen.

Mit seinen Armen konnte er nicht viel anfangen.

Und sie war es gewohnt, beim Modellieren Anweisungen zu erhalten.

Der Anfang war also etwas umständlich.

Nach und nach gewöhnte er sich daran und bewegte seine Schultern, Hüften und Füße, um verschiedene Posen zu bilden.

Dann kniete er nieder.

Eine verletzliche Pose.

Er machte verschiedene Aufnahmen aus verschiedenen Blickwinkeln.

Sie rollte sich auf die Seite.

Er machte mehr Fotos von ihr.

Sie rollte sich herum und drückte ihren Bauch und ihre Brustwarzen auf den Boden.

Er machte Fotos von ihrem Hintern.

Dann rollte sie sich auf den Rücken, die Hände hinter sich gefesselt, die Brustwarzen in die Luft gerichtet.

Er machte weitere Fotos von ihr und spürte einen Adrenalinstoß.

Gott sei Dank für die Maske, die es ihm ermöglichte, seine Identität zu bewahren, wenn diese Bilder in verschiedenen Kunstgalerien veröffentlicht wurden, gesehen von Gott weiß, wie viele Menschen.

Der Exhibitionismus war für sie eine seltsame Emotion.

Aber nicht so sehr wie Unterwerfung.

KAPITEL II

Nach einer kurzen Masturbationssitzung in ihrem Schlafzimmer wusch Samantha ihre Hände und ließ sich in ihrem Bett nieder.

Sie saß aufrecht mit dem Rücken gegen das Kissen und den Laptop auf ihrem Schoß.

Frisch vom Fotoshooting war sie mit neuen Emotionen und Erfahrungen bewaffnet, was perfekt für einen Amateurautor wie sie war.

Er öffnete das Textverarbeitungsprogramm und setzte seine Schreibaufgabe fort, die auch die Grundlage für seinen ersten Roman bilden sollte.

Ich hatte schon mehrere Seiten fertig.

Während sie Samantha schrieb, stieß sie auf ein Hindernis.

Er fragte sich, wie viel von seinem persönlichen Leben er verwenden würde.

Er fragte sich, inwieweit sich die Figur in der Geschichte dafür entscheiden würde, sie zu erkunden.

Und was erkunden?

Samanthas Fantasie war sexuelle Unterwerfung.

Darum hatte sie sich immer gesehnt.

Das wollte sie.

Aber wenn Sie das in das Buch aufnehmen, werden Ihre Familie und Freunde Ihre inneren Gedanken erfahren, weil sie alle es lesen würden.

Sie würden sich fragen, ob Samantha eine rein fiktive Geschichte schrieb oder ob sie ihre eigenen Wünsche äußerte und das Buch als Kommunikationsmittel benutzte.

Es war das Dilemma des Schriftstellers.

Zum Glück kannte sie den Mann, mit dem sie darüber sprechen konnte.

Er eröffnete sein Google Mail-Konto und stellte fest, dass er zwei E-Mails hatte.

Einer von einem Freund, der andere von dem Fotografen, der gerade die neuesten Bilder per E-Mail verschickt hatte, die sie früher an diesem Tag zusammen aufgenommen hatten.

Aber das war im Moment nicht wichtig.

Sie schrieb eine Nachricht mit einem direkten Header: Können wir uns treffen?

"Hallo Lehrer,

Ich hoffe du bist gut. Die Fortschritte bei meiner Schreibaufgabe waren stetig, aber ich habe eine Straßensperre in Bezug auf die Geschichte getroffen.

Insbesondere habe ich Probleme damit, wie viel von meinem persönlichen Leben ich in das Leben einbeziehen sollte. Und ja, ich beziehe mich auf das Thema, das wir vor einigen Wochen in Ihrem Büro besprochen haben. Ich bin sicher, Sie verstehen, wie ich mich dabei fühlen sollte.

Bitte hilf mir!

Samantha "

Er schickte die Nachricht.

Sie las dann die E-Mail ihrer Freundin und schickte eine schnelle Antwort.

Zuletzt öffnete er die E-Mail des Fotografen, die einen kurzen Kommentar sowie einen Anhang mit insgesamt achtundsechzig Bildern enthielt.

Sie lud die Datei herunter und sah sich die Bilder kurz an.

Es war ein bisschen surreal, sich so zu sehen.

Hände hinter seinem Rücken gebunden.

Die Maske, die seine Identität verbarg.

Und ihre Brustwarzen freigelegt.

Die Fotos von ihr auf den Knien und auf dem Rücken waren aufregend.

Erotische Kunstliebhaber würden solche Bilder definitiv bei der nächsten Ausstellung auf Kunstausstellungen kaufen.

Sie waren brillant gemacht, dachte Samantha.

Er fragte sich kurz, ob er dem Professor dieselben Fotos schicken sollte.

Vielleicht würde er sie auch gerne sehen.

Er versteht offensichtlich Samanthas Entscheidungen, die sie zutiefst schätzte.

Diese Bilder waren auch für ihre Schreibaufgabe etwas relevant, da sie Ausdruck ihrer eigenen Sexualität und Erforschung waren.

Samantha verfasste eine weitere E-Mail mit einem kurzen Header und einer kurzen Nachricht für den Lehrer.

Er fügte der Akte die achtundsechzig Bilder bei, die der Fotograf am selben Tag aufgenommen hatte.

Er schickte seinem Lehrer mehr Bilder von Bondage, nur diesmal war es absichtlich, nicht zufällig wie zuvor.

Sein Finger blieb auf der Schaltfläche "Senden" in der E-Mail.

Sie zögerte.

Dann hat er die E-Mail komplett gelöscht.

Was würde der Professor denken, wenn sie ihm weitere Bondage-Fotos schicken würde?

Sie hat sich wahrscheinlich über ihn lustig gemacht, dachte sie, als er ihr sagte, der andere sei ein Fehler gewesen.

Oder dass sie verzweifelt versuchte, ihn zu verführen.

Eine E-Mail ist angekommen.

Es war eine Antwort des Professors:

„Natürlich bin ich morgen um neun Uhr morgens frei. Ich unterrichte um zehn Uhr morgens eine weitere Klasse, daher ist die Zeit begrenzt.

Schick mir deine Geschichte. Ich werde es heute Abend lesen und wir können es morgen besprechen.

Lehrer"

Die Dinge waren in Bewegung und die Räder waren in Bewegung.
Sie antwortete per E-Mail mit einem Anhang ihrer Geschichte.
Sie fragte sich, was er denken würde.

KAPITEL III

Am nächsten Morgen.

Die Tür zum Büro des Professors stand offen.

Wie immer schien er zu arbeiten und sah sich einige Papiere auf seinem Schreibtisch an.

Samantha hatte sich ähnlich wie bei ihrem letzten Treffen angezogen.

Etwas lässig, aber edel. Nicht sehr sexy, nicht zu prüde.

Sie wollte nicht die falschen Signale senden, besonders nicht, womit sie streiten werden.

Nachdem der Lehrer an die Tür geklopft hatte, sah er die Schülerin und lud sie ein, einzutreten.

Sie tauschten ein paar Witze aus, als sie ihm am Schreibtisch gegenüber saß.

Sicher, sie hatten viele Male im Unterricht gesprochen, aber ein privates Treffen war immer etwas Besonderes.

"Hast du alles gelesen?" Sie fragte.

"Das habe ich. Und es hat mir sehr gut gefallen", antwortete er. "Ein solider Job. Sie haben ein gutes Talent. Ich denke, Ihre Stärke als Schriftsteller ist Ihr Realismus. Die Charaktere haben eine große Tiefe."

Der Stolz explodierte in Samantha, aber sie schaffte es, ihn einzudämmen.

"Danke. Ich habe viel darüber nachgedacht."

"Ich bin mir sicher, dass Sie es getan haben. Als Schreibauftrag ist dies wahrscheinlich ein A-Level-Job", erklärte er. "Aber damit bist du nicht zufrieden, oder? Du willst Schriftsteller werden."

"So ist es."

Der Lehrer nahm einige Papiere.

"Einige Notizen, die ich gemacht habe und die ich mit Ihnen besprechen wollte. Dies sind einfache Beispiele, um Ihre Beschreibungen und Nebengeschichten zu erweitern, damit Sie ein gutes Buch fertigstellen können. Ich erwarte jedoch nicht, dass Sie das jetzt tun. Ehrlich gesagt, wenn mir jeder Student einen langen Roman überreichen würde, wäre ich verschlungen ständig beim Lesen. "

Samantha nahm die Papiere und ihre Augen lasen schnell die Notizen.

"Das ist unglaublich. Danke."

"Es ist nicht nötig, mir zu danken."

"Machst du das für alle Schüler?" Sie fragte.

"Nur für Studenten, die Romanautoren werden und ein zusätzliches Maß an Kritik wünschen. Ich bin immer bereit, in dieser Hinsicht zu helfen."

"Hast du jemals mit einem Studenten geschlafen?" fragte er unverblümt, ohne sich um die möglichen Konsequenzen zu kümmern.

"Warum fragst du mich das?"

"Ich mache Charakterforschung für meine Schreibaufgabe."

Er lächelte.

"Ist das so? Du bist ein direktes Mädchen, wusstest du das?"

"Schüchterne Mädchen können so eine Schule nicht besuchen. Das ist sicher."

"Da hast du wahrscheinlich recht."

"Also, was ist die Antwort?"

"Ich habe es vor ein paar Jahren mit einem Studenten gemacht", antwortete er. "Aber denken Sie daran, dass ich kein Stalker war. Ich habe noch nie einen Studenten sexuell verfolgt."

"Also wie ist es passiert?"

"Nehmen wir an, wir hatten eine gemeinsame Freundin und haben uns auf einer Party getroffen. Eine Swingerparty. Wir hatten beide entgegengesetzte Enden des gleichen Interesses. Sie war eine überzeugte

Unterwürfige. Ich war eine erfahrene Meisterin. Sie können sich den Rest vorstellen."

"Interessant."

"Wird das wirklich in deiner Geschichte sein?"

"Wahrscheinlich", antwortete sie. "In meiner Geschichte geht die junge Frau eine Beziehung mit einem viel älteren Mann ein, der viel mehr Erfahrung im Leben hat."

"Schön auch, hoffe ich."

"Oh ja."

"Apropos, Sie haben in Ihrer E-Mail etwas darüber erwähnt, wie Sie Ihr persönliches Leben in Ihre Geschichte einbeziehen können."

Samantha nickte.

"Das ist richtig. Mein Herz und mein Verstand wollen die Geschichte in die gleiche Richtung lenken. Die Sache ist, dass diese Richtung Sex beinhaltet. Die meisten jungen Menschen durchlaufen diese Phase, in der sie nur Sex und seine Erforschung erforschen wollen Schönheit. Ich denke, deshalb fließt es in mein Schreiben. "

"Und du machst dir Sorgen, dass die Leute dich anhand des Inhalts deiner Geschichte beurteilen."

"Genau. Hast du dasselbe mit deinen Büchern durchgemacht?"

"Sicher. Aber es ist anders. Ich bin ein Mann. Du bist eine junge Frau. Die Gesellschaft hat andere Standards für uns, wenn es um Sex geht. Aber wenn du diesbezüglich eine Antwort von mir suchst, tut es mir leid, ich kann dir keine geben. antworte. Das muss deine sein. Das ist deine Kunst, deine Geschichte, nicht meine. "

Samantha dachte einen Moment nach und nickte.

"Kann ich dir etwas zeigen?"

"Natürlich."

"Warte eine Sekunde."

Samantha nahm ihr Handy und durchsuchte ihre Fotos.

Dann gab er dem Professor sein Handy.

"Die stammen von einem Fotoshooting, das ich gestern gemacht habe", erklärte er. "Ich habe sie dir gestern fast geschickt, aber ich fand es nicht angemessen."

Er überprüfte die expliziten Bilder.

"Also, warum denkst du, ist es jetzt angemessen?"

"Weil ich Ihre Meinung schätze. Und ich wollte Ihnen zeigen, dass ich Ihren Rat vom letzten Mal an befolgt habe. Sie haben mir gesagt, ich soll meinen Körper respektieren. Nun, das habe ich. Das tue ich. Diese Posen waren meine Idee. Das ist meine Fantasie und mein sexueller Ausdruck. wie eine gesunde junge Frau. "

Der Professor schaute zurück auf die Fotos am Telefon.

"Du siehst auf jeden Fall aus wie eine gesunde junge Frau."

Er gab ihr das Telefon zurück und Samantha steckte es weg.

"Kann ich dir eine persönliche Frage stellen?"

"Warum nicht? Wir sind schon persönlich geworden."

Sie schluckte.

"Was würdest du als Meister mit deinem U-Boot machen, wenn sie in dieser Position wäre? Auf ihren Knien mit gefesselten Händen."

"Gibt es einen bestimmten Grund, warum du das wissen willst?"

"Ich bin nur neugierig. Es wird mir beim Schreiben von Hausaufgaben helfen, da ich verstehen würde, was ein wahrer Meister in dieser Situation tun würde."

Er dachte einen Moment nach.

Vielleicht dachte er darüber nach, was er tun würde.

Vielleicht fragte er sich, ob er es sagen sollte oder nicht.

Samantha konnte es nicht sagen.

Schließlich gab der Professor seine Antwort:

"Ich würde deinen Hals trainieren."

Sie war kurz überrascht.

"Ich, ich denke du meinst ..."

"Tief in die Kehle. Tut mir leid wegen der Sprache, aber das würde ich tun. Es ist das offensichtlichste in dieser Position, nicht wahr? Du bist auf den Knien. Mit gefesselten Händen hinter deinem Rücken wirst du meinem Mundeintritt nicht widerstehen können."

Samantha spürte, wie sich ihre Muschi zusammenzog.

"Das macht sicherlich Sinn."

"Nun, so kreierst du eine gute Geschichte. Du stellst dir alle Szenarien vor und was als nächstes passieren würde. Wie die verschiedenen Charaktere in jeder Situation reagieren würden. So solltest du denken."

"Ich weiß."

Er hob eine Augenbraue.

"Sie scheinen mehr von Ihrer ganzen Geschichte zu haben, als Sie mir per E-Mail geschickt haben."

"Ich habe ihm alles geschickt", sagte er mit einem spielerischen Ausdruck. "Ich habe auch viele Ideen, aber ich habe sie noch nicht geschrieben. Ich muss die Angst überwinden, dass die Leute meine Gedanken kennen."

"Autoren können keine Grenzen überschreiten, wenn sie sich Gedanken darüber machen, was die Leute denken. Das ist sicher."

"Hast du irgendwelche Tipps dafür?" Fragte er mit leicht hoher Stimme, als würde er etwas vorschlagen.

"Nun, ich habe alle meine Romane auf die gleiche Weise geschrieben, um die bestmögliche Geschichte zu produzieren, die ich erzählen möchte, und in der Hoffnung, dass die Leute sie gerne lesen würden."

"Macht Sinn."

"Aber ich werde es Ihnen nicht empfehlen, angesichts der Art dessen, was wir besprochen haben", fügte er hinzu. "Es muss Ihre Entscheidung sein, welche Art von Geschichte Sie erzählen möchten, wie ehrlich sie ist und wie viel Sex Sie einschließen möchten."

"Was wäre, wenn ich die Grenzen überschreiten wollte?"

"Das ist deine Entscheidung. Aber wie gesagt, sei nicht dumm. Diese Welt ist voller Menschen, die dich für Sex benutzen wollen."

„Was wäre, wenn ich benutzt werden wollte?""

Der Professor sah ihr direkt in die Augen.

Sie sah ihn an.

Keiner von ihnen war unwissend.

Sie wussten genau, was sich gegenseitig durch den Kopf ging.

"Ich bin zu alt für Spiele, Samantha", sagte der Professor. "Ich war bereits großzügig mit meiner Zeit und meinem Feedback. Wenn Sie also etwas mehr von mir wollen, spielen Sie nicht herum, seien Sie einfach eine erwachsene Frau und sagen Sie es."

Samantha spürte, wie sich ihre Brust zusammenzog.

Sie atmete stärker ein und aus.

"Wirst du mir helfen? Wirst du mich unterrichten?" Sagte er schon zuversichtlich.

"Zeig dir was genau?" fragte er scharf, wie ein Lehrer, der einen schlechten Schüler beschimpft, weil er zu vage sei. "Klar sein."

"Wirst du mein Meister sein?"

"Diese Wahl ist ein Geschenk", sagte er. "Du musst mit Bedacht wählen."

Sie holte tief Luft.

"Habe ich gerade einen schrecklichen Fehler gemacht? Gott, ich bin ein Idiot. Es tut mir so leid. Bitte, ich flehe dich an, lass das nicht unsere akademische Beziehung ruinieren. Ich möchte wirklich weiter mit dir arbeiten."

"Bist du laut, wenn du Orgasmen hast?" er fragte unverblümt.

"Es tut uns leid?"

"Es ist eine einfache Frage. Ich denke, du hast mich richtig gehört."

Sie räusperte sich.

"Ich bin fast normal. Aber alles hängt natürlich von meiner Stimmung und meinem Gefühl ab."

"Heben Sie Ihr Hemd an und dann Ihren BH, um Ihre Brustwarzen freizulegen, wie auf diesen Fotos."

Es war der Moment der Wahrheit.

Das erste Mal, dass Samantha sich einem Mann unterwarf.

Er hob sein sorgfältig gebügeltes Hemd, um seinen nackten Bauch freizulegen.

Dann höher, um ihren weißen BH zu enthüllen, der ihre etwas gestörten Brüste enthielt.

Dann hob sie ihren BH und enthüllte ihre kleinen rosa Brustwarzen.

"Ist das deine Idee mich zu dominieren?" sie fragte und wagte ihn fast, mehr zu tun.

"Es ist ein Anfang. Willst du noch weiter gehen?"

"Ja."

"Spielen Sie mit Ihren Brustwarzen. Prise. Drücken Sie. Ich würde gerne sehen, wie Sie es tun."

Samantha gehorchte dem Lehrer.

Sie kniff und drückte ihre kleinen rosa Brustwarzen, während sie einander weiter in die Augen schauten.

"Ist das meine Einweihung?" Sie fragte.

"Nicht genau. Noch nicht."

Sie streichelte weiter ihre Titten.

"Es ist nicht?"

"Zuerst muss ich sehen, wie mutig du bist. Ein Fotoshooting ist eine Sache, das wirkliche Leben eine andere", erklärte er. "Öffne deine Hose. Spiel für mich mit deiner nackten Vagina. Genau dort. Komm zum Orgasmus, aber mach es ruhig. Dann werden wir besprechen, wie du deine Grenzen weiter verschieben kannst."

Sie knöpfte ihre Hose auf.

"Ich kann das bewerkstelligen."

"Fühlen Sie sich dadurch unwohl?"

"Es ist ein bisschen seltsam", antwortete sie mit einem leichten Achselzucken. "Aber es ist aufregend."

Mit aufgeknöpfter Hose ließ sie ihre rechte Hand über ihr Höschen gleiten und rieb sich den Kitzler.

Sie hielten Augenkontakt, während sie masturbierte, als wäre es eine Herausforderung.

"Was denkst du?" Ich frage.

"Möchten Sie das wirklich wissen?"

"Natürlich ja."

Samantha spielte weiter mit ihrem Kitzler.

"Beide machen zusammen ein Fotoshooting. Ein Bondage-Shooting."

"Was würden wir tun?"

"Du würdest mich fesseln. Dann würdest du meinen Hals trainieren."

"Hart oder weich?"

Sie lächelte.

"Warum sagst du es mir nicht?"

"Ich bin immer nett", antwortete er und sah zu, wie sein Schüler für ihn masturbierte. "Ich würde mir lieber Zeit nehmen und langsam gehen. Wenn ich dich deepthroaten würde, wäre es auf seltsame Weise fast romantisch. Ich würde sehr langsam gehen. Sicherstellen, dass du die richtige Menge nehmen kannst. Wenn du daran gewöhnt bist, würde es etwas schneller gehen, a etwas härter ".

Samantha rieb sich schneller den Kitzler und hörte zu, wie ihr Lehrer sprach.

Sie stellte sich das Szenario vor, das er erzählte, als er sprach.

"Oh Gott", keuchte er und rieb sich schneller.

"Ich denke, du bist bereit, unterwürfig zu sein. Und vielleicht möchte ich dein Meister sein."

Samantha schnappte erneut nach Luft, als sie ihren Höhepunkt erreichte.

Es gab keine Schande oder Ähnlichkeit, als sie kam und dem Professor in die Augen sah.

Er war für einen Moment fast außer Atem, als sich sein Körper anspannte und er dann losließ.

Sie zitterte leicht, als alles vorbei war.

Die Lehrerin stand auf und ging zu der Schülerin, die sich immer noch von ihrem Orgasmus erholte.

"Gut gemacht", sagte er.

Die Lehrerin zog Samanthas BH an und steckte ihre Brüste ein, um ihre Brustwarzen zu bedecken.

Dann senkte er ihr Hemd und stellte sicher, dass es schön und ordentlich war.

Dann half er ihr, ihre Hose zuzuknöpfen.

Als die Lehrerin Samantha angezogen hatte, sah sie brandneu aus, mit einem hellen Gesichtsausdruck und leicht feuchten Fingerspitzen.

"Was kommt als nächstes?" Sie fragte. "Für uns."

"Als nächstes? Ich habe bald Unterricht. Ich muss gehen. Und wenn ich mich nicht irre, hast du auch bald Unterricht."

"Ich hab es geschafft."

"Willst du dich wieder treffen?"

Sie nickte.

"Ich will es."

"Nur um deine Schreibaufgabe zu besprechen?"

Sie zögerte mit zitternder Stimme.

"Ich möchte, wissen Sie, das fortsetzen. Mein Training. Diese Erfahrung ist hilfreich für meinen Schreibprozess."

"Und was noch?"

Sie wusste genau, was der Lehrer hören wollte.

"Und ich finde das sehr aufregend", antwortete sie ehrlich. "Es ist meine große Fantasie. Ich bin für dich gekommen und habe an dich gedacht. Ich möchte deine Unterwürfige sein."

"Montag. Komm her, in mein Büro, um sieben Uhr morgens."

"Warum so früh?"

"Falls du versehentlich schreist, möchte ich nicht, dass jemand es hört."

Samanthas Augen weiteten sich und ihre Muschi ballte sich zusammen.

KAPITEL IV

Am Wochenende nahm sie mit demselben Fotografen an einem weiteren Fotoshooting teil.

In der gleichen Studie.

Mit dem gleichen Zubehör.

Die Bilder waren riskanter, als sie sich mit ihrer unterwürfigen Sexualität und ihren Vorlieben vertraut machte.

Sie bat darum, dass die Saiten enger werden sollten.

Sie wollte versuchen zu fühlen, wie es war, wirklich unterwürfig zu sein.

Und genau das hat sie getan.

Das Endergebnis war sehr erotisch, aber mit gutem Geschmack gemacht.

Samantha war wieder auf den Knien, die Handgelenke vor sich gebunden und eine schwarze Maske im Gesicht.

Während des Fotoshootings in all den körperlichen Ausdrücken, die sie durchführte, strahlte sie eine hohe Sinnlichkeit aus, weil sie ständig dachte, dass der Lehrer sie trainierte.

Zurück im Schlafzimmer schrieb Samantha mit großer Intensität auf ihren Laptop und saß in ihrer Lieblingsschreibposition auf ihrem Bett, den Rücken gegen das Kissen gelehnt.

Seine Mitbewohnerin Vicky lag auf dem angrenzenden Bett und trug nur ein T-Shirt.

Als Vicky ihren Körper streckte, war ihre Muschi freigelegt, aber beide waren inzwischen an den Körper des anderen gewöhnt.

"Alles was Sie tun, ist zu schreiben", sagte Vicky. "Das Ding langweilt dich nie?"

Samantha schrieb weiter.

"Auf keinen Fall."

"Du wirst in diesem Semester wahrscheinlich gute Noten mit allem bekommen, was du geschrieben hast. Komm schon, lass uns Burger und Shakes essen gehen."

"Ich muss auf meine Ernährung achten."

"Dann iss einfach den Burger und lass den Shake aus."

Samantha machte eine Pause und sah ihre Mitbewohnerin an.

"Das ist keine schlechte Idee. Es ist zu lange her, seit ich das letzte Mal einen Hamburger hatte."

"Mein Geschenk. Und ich kenne den Ort genau", sagte Vicky und sprang aus dem Bett.

Samantha wollte gerade ihren Laptop schließen, als sie sich an etwas erinnerte.

Sie suchte nach den Fotos.

"Warte, kann ich dir etwas sehr schnell zeigen?"

Vicky ging hinüber und betrachtete die expliziten Bilder auf dem Laptop.

Bilder einer teilweise nackten Samantha auf den Knien, mit gebundenen Handgelenken und auffälligen sinnlichen Posen.

"Verdammtes Mädchen", rief Vicky aus. "Bist du es wirklich?"

"Ja."

"Ich hatte keine Ahnung, dass du so sein könntest ..."

"Sexsymbol?" Samantha scherzte. "Ich versuche diese Seite versteckt zu halten."

Vicky lachte.

"Nun, was auch immer Sie tun, machen Sie weiter so. Bei dieser Geschwindigkeit brauchen Sie nicht einmal einen Hochschulabschluss, Sie könnten ein professionelles Model sein."

"Ich bevorzuge meine derzeitige berufliche Laufbahn."

"Was auch immer für dich funktioniert. In der Zwischenzeit habe ich Hunger. Lass uns anziehen."

Samantha sah zu, wie ihre Mitbewohnerin zum Schrank ging, ihr Hemd auszog und sie völlig nackt zurückließ.

Wie immer war Samantha ein wenig beeindruckt, dass Vicky in der Brustabteilung mit großen, aufmerksamkeitsstarken Titten gesegnet war, aber Samantha versuchte, nicht eifersüchtig zu sein.

Sie fühlte sich auch ein bisschen schuldig, weil sie ihrer Mitbewohnerin nicht von der Situation mit dem Lehrer erzählt hatte.

Seit der High School waren sie immer ehrlich zu allem, besonders zu den Jungen.

Sie haben nie Geheimnisse voreinander bewahrt.

Das war aber anders.

Die Lehrerin ließ Samantha versprechen, es niemandem zu erzählen, und Samantha hielt immer ihr Wort.

Bevor Samantha aus dem Bett aufstand, eröffnete sie schnell ihr Google Mail-Konto und schrieb eine Nachricht für ihren Lehrer.

Sie fügte die neueste Version ihrer Schreibaufgabe bei.

Dann fügte er die letzten Fotos der Sklaverei bei, die er an diesem Tag gemacht hatte.

Geschickt.

Samantha steckte den Laptop weg, zog sich aus und zog sich neben ihrer Mitbewohnerin aus.

Ich musste dringend etwas mit Kalorien beladenes essen.

DRITTER TEIL
DIE STRINGS

53

KAPITEL I

Als Montagmorgen ankam, machte sich Samantha keine Sorgen mehr um ihr Outfit oder Aussehen.

Nicht wie bei den anderen Gelegenheiten, bei denen er sich mit dem Professor getroffen hatte.

Sie war es bereits gewohnt, den Lehrer privat zu sehen, und hatte bereits für ihn masturbiert.

Sie trug eine einfache Bluse, ein Pferdeschwanzhaar und ein leichtes Make-up im Gesicht.

Es war auch zu früh, um etwas anderes zu tragen.

Es gab auch die kurzen Anweisungen, die der Lehrer ihm am Abend zuvor per E-Mail geschickt hatte.

Er bat sie, einen kurzen Rock und kein Höschen zu tragen.

Eine Bitte, die sie unbedingt erfüllen wollte, obwohl sie keine Ahnung hatte, was passieren würde.

Der Professor kam ungefähr zur gleichen Zeit im Gebäude an.

Zu dieser Tageszeit war kaum jemand in der Nähe.

Sie trug ihre übliche Bürotasche, die normalerweise ihren Laptop und Bücher für den Unterricht enthielt, sowie Schlüssel in der Hand, um ihre Bürotür zu öffnen.

Zu diesem Zeitpunkt war ihre Beziehung ungezwungen geworden und als sie sich sahen, wunderten sie sich über das Wochenende des anderen.

Samantha hatte das Gefühl, dass sie etwas koketter mit ihm wurde, und der Lehrer war viel weniger streng als im Klassenzimmer.

Der Professor schloss die Tür ab, sobald sie das Büro betraten, was ungewöhnlich war, da er sie nie verschlossen hielt, wenn sie drinnen waren.

Als sie sich gegenüber saßen, änderte sich das Gespräch.

"Ich habe Ihr Dokument gelesen", sagte er. "Und ich habe deine Fotos gesehen."

Dies machte sie aus irgendeinem Grund nervös, den sie nicht erklären konnte.

Sie versuchte die Tatsache zu verbergen, dass sie kurz zappelte, da sie ihm keinerlei Schwäche zeigen wollte.

"Was hast du über all das gedacht?"

"Ich denke, Ihr Schreiben ist solide. Die Struktur der Geschichte ist gut. Tadellose Grammatik. Sie haben ein gutes Verständnis der englischen Sprache und ich mag es, dass Sie die Beschreibungen variieren. Am wichtigsten ist, dass die Geschichte und die Charaktere gut entwickelt sind. Es fühlt sich autobiografisch an. Es ist lebendig. Das gefällt mir. "

Zu jeder anderen Zeit wäre Samantha von den Auszeichnungen, die sie gerade von einem Lehrer erhalten hatte, den sie zutiefst respektierte, völlig geschmeichelt gewesen.

Aber jetzt, da sie ohne Höschen saß, war das das Letzte, woran sie dachte.

"Was denkst du über die Fotos?"

"Du bist eine schöne junge Frau, Samantha", sagte er. "Das habe ich immer über dich gedacht."

"Du wolltest, dass ich um sieben Uhr morgens hierher komme, wenn sonst niemand da ist. Du hast mir gesagt, ich soll einen Rock tragen. Und ich trage auch kein Höschen."

"Also bist du hergekommen, nur um trainiert zu werden, oder?"

Sie nickte.

"Bin ich lächerlich?"

"Steh auf und schau nach vorne."

Samantha stand auf, passte Hemd und Rock an, damit es ordentlich aussah, und schaute nach vorne.

Die Lehrerin stand ebenfalls auf und näherte sich ihr, sah ihr hübsches junges Gesicht genau an und versuchte, ihre Mimik zu lesen.

Samanthas Lippen schienen sich zu verengen.

Sein Körper war angespannt und steif, aber in seinen Augen schimmerte es leicht, als hätte er lange darauf gewartet.

"Ich mag dich wirklich, Samantha", sagte er. "Sie sind klug, motiviert, sehr nett und schön."

"Danke", sagte sie fast flüsternd.

"Ich muss dir sagen, dass ich es genieße, Meister zu sein. Das nehme ich sehr ernst. Und ich gebe meinen Dienern immer die größte Sorgfalt."

Diener? Samantha gefiel es, wohin das führte.

"Ich verstehe", antwortete sie.

"Was ist mit dir? Aufgrund unseres Altersunterschieds und meiner Position an der Universität werden wir niemals in der Lage sein, uns zu verabreden. Wir werden niemals in der Lage sein, romantisch zu werden. Stört dich das?"

"Ich kann ein Geheimnis für mich behalten. Und ich bin zu beschäftigt, um einen Freund zu haben."

"So süß, dass Samantha einen Meister sucht? Aus purer sexueller Not, nicht wahr?"

"Ich denke du weißt es schon", sagte er leise.

"Hast du darüber nachgedacht? Ich bin dein erster Meister? Gib dich mir vollständig hin? Ich werde nie zur Hälfte gehen. Sobald du mir gehörst, werde ich mit dir machen, was ich will. Ich werde dich an deine Grenzen bringen. Aber wenn du es beenden willst. wird es vorbei sein. "

Samanthas Muschi ballte sich zusammen.

"Das ist es, wonach ich suche. Ich wollte immer unterwürfig sein. Und ich möchte mit dir zusammen sein."

"Weil ich?" er hat gefragt.

Sie wurde nervös.

"Wegen deiner Erfahrung damit. Ich liebe es, dass du so vorsichtig bist. Und ich liebe, wie du denkst. Wer du bist. Ich liebe die ganze Lehrer-Schüler-Sache. Ich liebe die maßgebliche Macht, die du über mich hast."

"Heb deinen Rock hoch."

Samantha hob ihren Rock und enthüllte ihre sauber rasierte Vagina und ihren nackten Hintern.

Sie war nervös und ihre Hände zitterten leicht, als sie ihren Rock hielt.

"Sie sind persönlich schöner als auf Fotos", sagte er.

"Dankeschön."

"Jetzt bück dich. Leg deine Hände auf meinen Schreibtisch. Spreize deine Beine."

Samantha gehorchte.

"Was wirst du machen?"

"Ich werde dir einen großen Gefallen tun. Dies ist für deine Schreibaufgabe. Ich mag, wohin deine Geschichte führt. Aber du musst einige Dinge lernen. Wenn du richtig über eine sexuelle Reise schreiben willst, dann möchte ich, dass du es als dein Lehrer tust." Erfahrung aus erster Hand. "

Samanthas Muschi drehte sich, als sie ihre Position auf dem Schreibtisch hielt.

Er hielt seine Augen geradeaus, als der Professor durch seine Bürotasche griff.

Er hatte keine Ahnung, wonach er suchte, und er wollte auch nicht suchen.

Ich hatte zu viel Angst zu schauen.

Sie wollte einfach die Dinge weitergehen lassen.

Seine Hände begannen ihren glatten Hintern und ihre straffen Schenkel zu reiben.

"Was für schöne Beine", sagte er. "Ich werde einen Stecker in deinen Hintern stecken. Hast du jemals einen von denen gefühlt?"

Glaubst du, es wird mir gefallen?

"Wenn Sie sich entspannen und das tun, was ich Ihnen sage, werden Sie viele Dinge genießen."

Der Professor knetete seinen Hintern wie Teig.

Drücken Sie fest und massieren Sie.

Als er seinen Hintern ausbreitete, fühlte sich Samantha sehr ausgesetzt.

Sie wusste, dass er tief in ihren Anus sah.

Dann ließ er es los.

"Das kann sich ein bisschen kalt anfühlen", sagte er und öffnete ein Schmiermittel.

Samanthas Körper zuckte zusammen, als der Professor ihren Anus mit seinen geschmierten Fingern berührte, aber sie erlangte schnell wieder die Kontrolle und blieb still.

Seine Finger umkreisten ihren Anus, bevor er nach innen stieß und ihr Rektum mit dem Anal-Gleitmittel überzog.

"Magst du Analsex?" Ich frage.

"Oh ja. Aber nur wenn ich gut gelaunt bin. Wie du sehen kannst, bin ich da hinten ein bisschen gequetscht."

"Es fühlt sich so an. Jetzt entspann dich, das wird sich zuerst etwas unangenehm anfühlen, aber du wirst dich daran gewöhnen. Ich verspreche es."

Nachdem er seinen Finger weggezogen hatte, drückte der Professor einen Stecker gegen Samanthas Anusring.

Es war vier Zoll.

Überschaubar für jede Dame.

Er drückte leicht und der Stopfen ging dank des Gleitmittels durch den Ring seines Anus.

Samanthas Körper drehte sich und schnappte nach Luft, aber sie behielt ihre Gelassenheit.

Er schob es, bis es vollständig drinnen war.

Der Butt Plug wurde so konstruiert, dass er vier Zoll hineinpasst. Dann wurde er von einer ebenen Fläche gestoppt, damit Samantha später ohne allzu große Unannehmlichkeiten sitzen konnte.

"Jetzt werde ich etwas in deine Vagina einführen", sagte er. "Ein kleiner Vibrator, den nur ich kontrollieren kann."

Samantha schüttelte ihren Hintern.

"Ich bin deiner Gnade ausgeliefert."

"Gutes Mädchen."

Der Professor griff in seine Bürotasche und holte einen kleinen, etwa fünf Zentimeter langen Vibrator heraus, an dem sich Riemen festbinden ließen.

Er teilte Samanthas dünne braune Lippen und enthüllte ihren rosa Schlitz.

Sie war nass, also wusste er, dass sie angemacht war.

Dann drückte er den Vibrator gegen ihr feuchtes Loch und drückte.

Der Eintritt war einfach, zumal Samanthas Beine gespreizt waren und ihr Geschlecht eingeschaltet war.

Zoll für Zoll drang der Vibrator in Samanthas Fotze ein.

Sie drückte ihre Hand auf den Tisch und genoss das Gefühl des Eingangs, und sie genoss auch die Tatsache, dass es der Lehrer war, der es tat.

Sobald der kleine Vibrator vollständig eingelegt war, befestigte der Lehrer die Gurte um Samanthas Beine und hinten, bis der Vibrator vollständig gesichert war.

"Egal wie stark das kleine Ding vibriert, ich gehe nirgendwo hin." Sie dachte

"Nehmen Sie jetzt Platz", sagte der Professor.

Samantha richtete sich auf, passte ihren Rock an und lehnte sich auf dem Sitz gegenüber dem Schreibtisch zurück.

Es war etwas umständlich, wie ich erwartet hatte.

Es war mein erstes Mal, dass ich einen Butt Plug trug, und es war seltsam, mich hinzusetzen.

Sein Rektum war ausgestreckt und er hatte das Gefühl, dass sein Hintern bereits schmerzte.

Der Vibrator in ihrer Muschi war auch ein seltsames Gefühl.

Ich habe so etwas noch nie gefühlt.

Wenn sich etwas in dieser Größe und Form in ihrer Muschi befand, lag Samantha normalerweise auf dem Rücken oder auf allen Vieren und setzte sich nicht hin.

Zusammen war das Gefühl surreal.

Beide Löcher waren mit Sexspielzeug gefüllt.

Und das hatte einen Grund.

So unangenehm es auch war, es war auch sexuell aufregend.

"Dann werde ich dich an den Stuhl binden", sagte er.

Sie schluckte.

"Ich kann das bewerkstelligen."

Der Professor blieb seinem Wort treu.

In seiner Bürotasche befanden sich blaue Schnüre, die eine glatte Textur zu haben schienen.

Als Samanthas linkes Handgelenk an die Couch gebunden war, sah sie, dass sie Recht hatte.

Das Seil fühlte sich weich an ihrer kostbaren Haut an.

Der Knoten, den der Lehrer machte, schien professionell und korrekt zu sein.

Und er tat es mit dem perfekten Druck.

Der gleiche Vorgang wurde mit seinem rechten Handgelenk wiederholt.

Dann kamen seine Knöchel.

Sie sah zu, wie die Lehrerin den Vorgang geschickt mit jedem ihrer Knöchel wiederholte.

Sie sah ihn an und staunte über seine Fähigkeiten.

Er war sicherlich ein erfahrener Meister, besonders wenn es um Streicher ging, dachte sie.

Kein Wunder, dass der Professor Samanthas Bondage-Fotos so verstand, dass sie genau den gleichen Fetisch hatte, dachte er.

Als er fertig war, war Samantha komplett an den Stuhl gebunden, mit Sexspielzeug in ihrem Hintern und ihrer Vagina.

Dies war eine andere Art von Euphorie als die Teilnahme an einem Fotoshooting.

Das war echtes Leben.

Und er war völlig seinem Lehrer ausgeliefert, den er zutiefst bewunderte.

Er lehnte sich zurück, lehnte sich gegen seinen Schreibtisch und sah sich seine Arbeit an.

Samantha ist an den Sitz gebunden.

"Ich wünschte, Sie könnten sich selbst sehen", sagte der Professor. "So schön, so wehrlos. Die perfekte Darstellung der Unterwerfung."

Sie nickte.

"Danke dir."

"Ist es das, was du erwartet hast? Wie fühlst du dich? Bereust du das? Ist es demütigend? Sag es mir und sei präzise."

Sie sammelte ihre Gedanken.

"Ich fühle mich lebendig. Als wäre ich bei dir in Sicherheit. Weil ich weiß, dass du mich niemals verletzen würdest. Das ist Trost. Und ich liebe es, unter deiner Kontrolle zu sein. Deine sexuelle Kontrolle. Ich gebe mich dir. Ich weiß nicht, ob ich es jemals vollständig erklären könnte. aber so fühle ich mich. "

"Da ist es", sagte er. "Das sind die Gedanken, an die Sie denken müssen, um eines Tages eine großartige Schriftstellerin zu werden. Sie werden eine Frau, die im Einklang mit sich selbst steht. Gedeihen."

"Ich möchte es auch fühlen."

"Ich bin dir einen Schritt voraus", sagte er und hielt ein kleines Gerät hoch. "Diese Tasten steuern den Vibrator in dir. Was bedeutet, dass ich jetzt deinen Körper und Geist kontrolliere. Möchtest du immer noch den Lebensstil erleben, nach dem du dich so lange gesehnt hast?"

"Ja ..."

Sobald diese Worte seinen Lippen entkamen, drückte der Lehrer einen Knopf, der die Aktivierung des Vibrators auslöste.

Samanthas ganzer Körper zuckte zusammen und ihr Gesicht verzog das Gesicht.

Ihre Arme zogen unwillkürlich an den Seilen, als sie zog, aber ohne Erfolg waren die Seile zu stark.

"Das ist nur der erste Schritt", sagte er.

Das Sexspielzeug vibrierte weiter in ihrer Muschi.

"Oh Gott, das fühlt sich an ... Ich habe noch nie einen solchen Vibrator benutzt. Es fühlt sich so an ..."

Die Lehrerin beobachtete aufmerksam, wie sich die Schülerin windete, als sie einen weiteren Knopf drückte und den Vibrator um eine weitere Stufe erhöhte.

Samantha sah atemlos aus, als sich ihre Augen weiteten und ihr Mund ein O bildete.

Es schien, als wäre er für einen Moment außer Atem, als der Vibrator seine Magie ausübte.

"Dies ist die Essenz der Unterwerfung", sagte der Professor. "Ich habe die volle Kontrolle. Du bist völlig verloren. Und es ist meine Pflicht, dich kommen zu lassen. Jetzt musst du dich nicht mehr fragen, wie es ist. Du erlebst es aus erster Hand, nicht wahr?"

Sie bemühte sich zu sprechen.

"Ja ..."

"Möchtest du zum Orgasmus kommen?"

Sie nickte.

"Ja ..."

Seine Stimme verstummte, als die Vibration überwältigend wurde.

Dann drückte der Professor den Schalter, der den Vibrator auf die höchste Stufe brachte.

Dies ließ Samanthas ganzen Körper zucken und ihre Hände ballten sich.

Sein Gesäß drückte unwillkürlich gegen seinen Gesäßpfropfen.

Seine Augen schlossen sich und er stöhnte laut auf.

Als Samantha weinte und schrie, senkte der Lehrer den Vibrator auf die erste Stufe und Samantha konnte sich beruhigen.

"Sie sind zu laut", sagte der Professor. "Wir könnten erwischt werden, wenn du so schreist."

"Es tut mir so leid", antwortete sie und atmete schwer, als das Sexspielzeug immer noch in ihrer Muschi summte. "Das war so intensiv. Ich habe so etwas noch nie gefühlt."

"Aber du willst trotzdem zum Orgasmus, oder?"

Sie nickte wie ein süßer Welpe.

"Natürlich ja."

"Dann muss ich dich irgendwie würgen. Irgendwelche Vorschläge, was ich in deinen Mund stecken kann, um dich ruhig zu halten?"

Es war eine rhetorische Frage.

Sie wussten es beide.

Samantha war klug genug, um zu verstehen, was der Professor vorschlug.

Und sie liebte ihn auch von ganzem Herzen.

"Dein Schwanz."

Er lächelte.

"Nur um dich ruhig zu halten? Oder willst du, dass ich deinen Mund trainiere?"

"Ich möchte trainiert werden. Tief in die Kehle, genau wie ich es mir vorgestellt habe."

"Gutes Mädchen."

Der Professor legte die Fernbedienung hin und begann, seine Hose aufzuknöpfen.

Samantha sah mit eifrigen Augen zu, wie der Professor sich freigab.

Sie bemerkte, dass er fast vollständig aufgerichtet war und seine Größe ziemlich beeindruckend war.

Das machte sie nur noch mehr an.

Er trat vor, sein Schwanz baumelte vor Samanthas Gesicht, die Fernbedienung wieder in der Hand.

"Ich werde meinen Schwanz in deinen Mund stecken", sagte er. "Du wirst es lutschen. Und du wirst tief in die Kehle gehen. Gleichzeitig werde ich dich mit dem Vibrator abspritzen lassen. Verstehst du mich?"

"Ja", nickte er.

"Erinnere dich an dieses Gefühl. Benutze dieses Gefühl für dein Schreiben. Vielleicht wirst du es lieben. Vielleicht wirst du es hassen. Aber zumindest hast du es versucht."

"Ich will es. Mehr als alles andere."

Damit führte der Professor seinen Schwanz zu Samanthas Gesicht.

Sie öffnete den Mund und akzeptierte es.

Er glitt zwischen ihre Lippen und sie schlang ihre Lippen um ihn und saugte an ihm.

Der Professor schnappte nach Luft.

"Dein Mund ist wie ein Engel", sagte er. "Saugen Sie weiter."

Und Samantha tat es.

Sie saugte und schüttelte den Kopf, so gut sie konnte.

Er konnte nur seinen Hals hin und her bewegen.

Sie arbeitete mit ihren Lippen und ihrer Zunge.

Sie saugte gut an ihm und schwang ihre Zunge um die Spitze seiner Erektion.

Es war etwas, von dem sie wusste, dass Männer es absolut liebten.

Und sie liebte es.

Sie liebte es auch zu fühlen, wie sein Schwanz in ihrem Mund hart wurde.

"Entspann dich", sagte er. "Ich werde tiefer gehen. Kämpfe nicht dagegen an."

Der Professor legte eine Hand auf Samanthas Kopf, stieß sie dann sanft an und drückte seinen Penis tiefer.

Sie würgte ein wenig, dann wich er zurück.

Jetzt kannte er Samanthas mündliche Grenzen.

Das Mädchen hatte einen normalen Übelkeitsreflex.

Er ging wieder hinein, genau dort, wo das Spiegelbild von Samanthas Übelkeit war, und dort kam er.

Er wollte ihren Hals sexuell trainieren, sie nicht zum Erbrechen bringen.

"Jetzt werde ich dich kommen lassen", sagte er. "Entspanne deinen Körper. Du bist jetzt unter meiner Kontrolle."

Der Professor drückte den Knopf und der Vibrator kehrte auf die höchste Stufe zurück.

Samantha wand sich auf dem Sitz und wurde wie eine Sklavin behandelt.

Ihr Gesäß zog den Stopfen in ihrem kleinen Loch noch einmal fest.

Seine Augen tränten.

Seine Hände bildeten enge Knoten.

Seine Finger ballten sich in seinen Schuhen.

Das kleine Büro war erfüllt vom Klang des kleinen, aber starken Vibrators, der seine Magie in Samanthas feuchter Muschi ausübte.

Es gab auch Geräusche von Würgen und gedämpftem Quietschen in Samanthas Mund.

Lewd saugt und saugt Geräusche.

"Saugen Sie weiter", sagte er. "Du kannst beides. Saug es auf und hast gleichzeitig deinen Orgasmus."

Samantha konzentrierte sich wieder darauf, den Schwanz des Professors zu lutschen.

Vielleicht werden dadurch die extremen Gefühle in seiner unteren Region beseitigt, dachte er.

Sie tat ihr Bestes, um ihre Zunge um das Mitglied zu bewegen, aber es war schwierig, da sein Schwanz bis zu ihrem Hals reichte.

Er versuchte auch, so gut er konnte mit seinen Lippen zu arbeiten.

Sie hatte noch nie zuvor einen Kerl tief in die Kehle gesteckt, daher war dies eine ungewöhnliche Lernerfahrung für sie.

Während sie saugte, wurden die Empfindungen in ihrer Muschi zu einer starken Intensität.

Der Druck wuchs und wuchs.

So auch der Schmerz, der durch die anhaltenden Vibrationen verursacht wurde, zusammen mit dem Schmerz in ihrem Rektum und dem Schmerz, wo ihre Gliedmaßen gebunden waren.

Sie machte ein Geräusch, das von seinem Schwanz gedämpft wurde.

"Bist du kurz vor dem Abspritzen?"

Seine tränenden Augen sahen den Professor an.

Mit Hündchenaugen.

Sie nickte leicht, so gut sie konnte, ohne den Schwanz des Professors zu verletzen.

Der Professor lächelte.

"Komm für mich, Schatz. Entspann dich einfach und lass es geschehen."

Samantha schloss die Augen und konzentrierte sich darauf, seinen Schwanz zu lutschen, der an ihrer Kehle war, zusammen mit den starken Gefühlen in ihrer Unterregion.

Sicher genug, der Orgasmus kam.

Jetzt konnte er seine Fäuste und Zehen nicht mehr halten.

Seine Muskeln entspannten sich.

Sein Körper schmerzte.

Sie fühlte eine starke Befreiung in ihrer Muschi.

Der Druck erreichte seinen Höhepunkt und der Orgasmus war unbeschreiblich.

Als er ankam, fühlte er sich sprudelnd.

Flüssigkeiten sprudelten aus ihrer Muschi, bedeckten den Vibrator und machten ein Chaos, wo sie saß.

Normalerweise hatte sie Angst vor dem Durcheinander, das er in ihrem Schoß anrichtete, da sie mit diesem Orgasmusfleck die Flure entlang und über den Campus gehen musste.

Aber dies war kein normaler Moment, nicht in diesem Moment.

Das einzige, was ihm wichtig war, war dieses intensive Gefühl.

Sonst war nichts wichtig.

Schlagen Sie den nassen Rock.

Dies war der unglaublichste Orgasmus ihres ganzen Lebens.

Sie atmete schwer mit geschlossenen Augen.

Dann entspannte er sich und seufzte.

Zu diesem Zeitpunkt wusste der Lehrer, dass er gerade mit dem Abspritzen fertig war.

Es hatte keinen Sinn, Samantha mehr zu belästigen, also schaltete sie den Vibrator aus.

"Es war wunderschön", sagte er. "Aber jetzt bin ich dran. Hast du noch Energie?"

Sie sah auf und nickte. Ihre Augen bildeten Tränen von dem Orgasmus, den sie gerade erlebt hatte.

Der Professor wiegte die Hüften.

Für den letzten Akt wollte er ihren Mund und Hals ficken und er tat genau das.

Sie saugte weiter.

Als seine Energie zurückkehrte, arbeitete er wieder mit seiner Zunge und seinen Lippen.

"Schluck es", sagte er.

Er hielt Samanthas Kopf mit einer Hand still und streichelte mit der anderen Hand wütend den Schaft seines harten und wütenden Schwanzes, während die Spitze seiner Erektion in Samanthas warmem Mund war.

Samantha war stolz darauf, dass sie den Lehrer so hart machen konnte, und es funktionierte.

Er ließ sie sich sexy, begehrenswert und von ihm begehrt fühlen.

Der Orgasmus schoss dem Schüler in den Mund.

Strahl für Strahl kam Sperma in Samanthas Mund, auf ihrer Zunge und in ihrem Hals.

Mit jedem Spermaschub schluckte Samantha.

Es war etwas, das sie gerne tat, besonders jetzt für den Mann, der ihr gerade diesen denkwürdigen Orgasmus gegeben hatte.

Sie genoss den Geschmack und die Textur seines Samens.

Er schmeckte es in seinem Mund.

Er drehte es mit seiner Zunge.

Das würde sie nicht so schnell vergessen.

Sie saugte weiter, bis alles herauskam.

Dann, als das Sperma aufhörte, schwang sie ihre Zunge um den Kopf seines Schwanzes und leckte die Öffnung.

Als sein Schwanz weich wurde, ließ er ihn aus seinem Mund fallen und gab seinem Kopf dabei einen Abschiedskuss.

Samantha sah ihren Lehrer an, der sie ansah.

Ihre Augen trafen sich.

Es gab ein subtiles Verständnis zwischen ihnen.

Sie wussten, was der andere dachte.

Samantha war ein unterwürfiges Mädchen, das endlich ihre Fantasie erleben konnte.

Und der Lehrer war ein Mann, der seine Liebe zur Ausbildung von Frauen genießen konnte.

"Das ist die Erfahrung, unterwürfig zu sein", sagte sie. "Jetzt weißt du es. Mach mit diesem Wissen, was du willst."

"Ich habe es geliebt. Jede Sekunde", seufzte sie und nahm sich einen Moment Zeit, um sich wieder zu beruhigen.

"Ich bin froh, dass du erfahren hast, was du wolltest. Wenn du ein gutes Mädchen bist, können wir das wieder tun."

Sie schenkte ihm ein zärtliches Lächeln:

"Besser. Weil ich einen langen Roman schreibe."

Als der Lehrer die Handgelenke des Schülers löste, küsste er sie sanft auf die Stirn.

Er war ein mitfühlender Meister.

Und Samantha war eine sehr neugierige und hartnäckige Unterwürfige.

Natürlich würden sie es wieder tun, dachte er.

ENDE

71